TOMO II: FUEGO

«Relatos Breves
para
Reflexionar»

Tomo II: Fuego. Relatos Breves para Reflexionar
© José G. Marín
© Editfuss, S.L.
c/Arroyo de Pozuelo, 109 • 28023 Madrid

Diseño editorial: Esstudio Ediciones
Primera edición: abril, 2025
ISBN: 979-13-87638-14-6
Depósito Legal: M-10238-2025
Maquetación y preimpresión: Esstudio Ediciones
Imprime: DSIG, S.L.

El papel utilizado para la impresión de este libro no daña el medioambiente, por lo que está considerado como papel ecológico.

JOSÉ G. MARÍN

• • • •

TOMO II: FUEGO

«Relatos Breves
para
Reflexionar»

ensayo

esstudio
ediciones

Al Grial de Gredos

Índice

Introducción

Te presentamos el *Tomo II: Fuego*, de los cuatro que componen la serie de Relatos Breves: *Tierra*, *Fuego*, *Agua*, *Aire*.

Son 44 relatos cortos, divididos en cuatro pequeños tomos, con 11 relatos cada uno.

Los relatos versan sobre temas diversos, con el denominador común de explorar aspectos profundos del ser humano, que nos diviertan, nos evoquen emociones y sentimientos, y nos hagan reflexionar.

Luces y sombras en las experiencias de seres animados o inanimados. Siempre con alguna sorpresa y una pincelada de esperanza.

1

Hablan la luna y la hoguera

Aire frío raspaba en mi garganta. Frente a mí, una fuerte subida hasta la cima de la colina. Arriba se perfilaba la torre de una antigua ermita. Abajo, vi la aldea iluminada por luces naranjas y rojizas de grandes hogueras.

Se podían distinguir aldeanos nerviosos, que corrían de aquí para allá, y se persignaban una y otra vez, temerosos de la luna roja. La supersticiones contaban que esa luna llena, luna de sangre, era un mal augurio, y que grandes calamidades podrían surgir.

Imaginé hechiceras que se empoderan cuando cae la noche y la luna se eleva en el horizonte oscuro. Mujeres conectadas con la tierra, abrazadas al roble anciano, escuchaban los mensajes del arroyo. Y hablaban en silencio, con las lenguas del fuego de las grandes fogatas.

Recordé aquellas mujeres sabias, que permiten que el viento juegue con sus cabelleras, sus brazos adornados con brazaletes en forma serpientes doradas. Mujeres fuertes, con mirada profunda y clara, portadoras con orgullo del poder femenino. Mujeres con una fuerza cautivadora e imprevisible, como el océano profundo y cambiante. A veces, íntimo y cálido, como las suaves olas de un mar azul y transparente. Otras, fuerte y salvaje. Como la mar, dispuesta a revolcar al enemigo más grande, y hundirlo en su fondo arenoso y oscuro.

Hembras atrevidas que se juntan cada ciclo menstrual para hacerse fuertes en comunidad y renovar su fuerza.

Reunidas en la planicie de la montaña cercana, en un prado verde y húmedo. Las veo bailar, desnudas, al son de tambores de piel de cabra. La luz de la luna refleja sus sombras y dibuja siluetas que se mueven rítmicas o alocadas. Mientras danzan alrededor del fuego, honran al cielo, a la tierra y las cuatro direcciones cardinales.

Un grupo de hombres barbudos, armados con palos y guadañas, avanzan con antorchas por un sendero caprichoso, y vociferan palabras obscenas contra esas inocentes mujeres. Ellos temen a su poder femenino, a su dominio de las fuerzas de la naturaleza. Las consideran brujas y claman por su muerte.

Ellas no entienden la furia masculina incitada por el absurdo eclesiástico de la Inquisición.

Una escoba barre las energías negativas.

Un cuchara mueve pociones mágicas.

Un cáliz con el brebaje que abre los caminos místicos. Un tesoro por descubrir en el vientre de la Tierra.

2

El bufón moderno

Hoy muevo con burla mi colorido sombrero.

Hago sonar mis cascabeles con furia.

Y golpeo el suelo con mi ridículo cetro.

Soy portador de verdades mutiladas y de ironías engañosas.

No me importa que mis bromas se cobren mi cabeza.

Soy la voz de los mudos servidores de la corte.

Ahora es el tiempo. Escuchad las verdades desde mi afilada lengua, llena de burlas y rudeza. Si no os agrada lo que en mis versos retumba, matadme y sellad mi boca para siempre.

¡Oíd el sonido de las monedas de oro que rebosan de las arcas de los poderosos!

¡Poned atención a sus drones silenciosos, que dejan caer su explosivo regalo de muerte!

Bienvenidos a Palacio. Tenemos nuevas máscaras para que los Amos del Mundo se oculten y diviertan en su malévolo juego.

E hipnotizados por ellos, bailemos al son de su música de siempre.

Yo solo soy un humilde bufón con un vestido de colores, hecho de retazos de todas las banderas.

Mis palabras burlan a la censura, y me puedo reír de los engaños de los dirigentes de las naciones. Títeres ridículos, que mueven las oscuras manos de la élite.

Tratados comerciales que empobrecen a millones. Elecciones fraudulentas que simulan libertad. Las organizaciones internacionales nos hacen creer que trabajan para nuestro bienestar, y solo responden a los mismos intereses de unos pocos.

Monarcas y presidentes de naciones esconden sus verdaderas intenciones. Acuerdos de protección de la naturaleza, que serán violados. Diplomáticos que ocultan la daga bajo su pluma y sus discursos.

Acuerdos engañosos para vender armas y aumentar sus capitales. Ellos mantienen las guerras que llenan de sangre el suelo rico en minerales raros.

El negocio de las armas primero. Después, las ganancias de la reconstrucción de las ciudades devastadas. Cualquier excusa es buena para comerciar, sin importar las vidas humanas.

Afinad los oídos y no os dejéis engañar por promesas firmadas con pólvora. Ni por tratados de paz que esconden los puñales de la miseria y del descontento.

Daos cuenta de la estafa. Mientras ellos, los amos del mundo, saquean el planeta, os mantienen entretenidos con la diversión de las competencias deportivas, y las promesas de religiones huecas.

Conozco los oscuros pasillos donde se deciden los destinos de las naciones, las lucrativas guerras o el expolio del planeta. Todo es mercancía cuando el poder es la moneda. Las grandes fortunas crecen y engordan a costa de pobreza y muerte.

Yo, el bufón, adornado de bromas, desvelo la verdad de esta comedia trágica, de una humanidad traicionada, con futuros inciertos.

Pero alegraos también, porque son muchos los que ya abren sus ojos, golpean ruidosos los barrotes de sus celdas y planean su fuga estratégica.

Mis cascabeles resuenan en el horizonte, como una llamada al despertar y a la libertad.

3

El buen presagio

Las cigüeñas regresan cada año con las temperaturas más cálidas, y suelen coincidir con muchos nacimientos que se gestaron en el solsticio de verano anterior. Época de gran fertilidad.

Según la tradición de mi pueblo, la casa donde anidan las cigüeñas trae grandes bendiciones a esa familia, y un buen augurio para la llegada de un nuevo ser.

Y así fue. La cigüeña anidó junto a la chimenea del tejado de mi casa. Y cuando nací, mi familia se colmó de gracia y prosperidad.

No importa qué día era, ni cómo se llama aquel remoto lugar. Esa mañana, mi madre se levantó feliz y realizó con cuidado las labores habituales. Al empezar a descender el sol por el horizonte, emitió un quejido y, sonriente, a pesar del doblarse hacia su abdomen por una fuerte contracción, le dijo a mi padre con firmeza:

—¡Ve a buscar a Lucrecia! ¡Esto ya comenzó!

—Sí, claro. Voy a por la matrona —dijo titubeante y nervioso.

No tardó en regresar acompañado de una mujer robusta, de grandes caderas y manos curtidas por el trabajo en el campo. Su cara, regordeta y sonrosada, mostraba los efectos del buen comer y de muchas horas bajo los rayos del sol.

—Ya rompí aguas —dijo mi madre, entre alegre y temerosa.

Lucrecia exploró la barriga de mi madre, y sin previo aviso introdujo sus dedos para comprobar el grado de dilatación.

—Esta sopa ya está servida. Este bebé, bendecido por la cigüeña, estará con nosotros muy pronto —afirmó con convicción—. Sebastiana, camina y ponte en cuclillas cuando sientas que tu abdomen se contrae. Mientras, yo preparo todo.

Mi padre y mi abuela corrían de un lado para otro acercando las palanganas, el agua hervida y las toallas limpias.

—¡Ya está aquí el chiquitín! —dijo Lucrecia dando una carcajada, mientras, de rodillas y sentada en sus talones, manipulaba para que el bebé saliera fácil y despacio.

Mi padre me contaría años después que una brisa misteriosa movió los visillos de la ventana del dormitorio, y dejó entrar un rayo de luz dorada, que iluminó mi nacimiento.

—¡Como si fuera un faro encendido desde el más allá! —repetía, una y otra vez, cuando año tras año lo contaba en mi cumpleaños—. ¡El tiempo detuvo su aliento! —exclamaba—. ¡Un resplandor que no era de este mundo!

Pues sí. Aquí estaba yo, curioso por este planeta Tierra. Por la vulva rosada y dilatada de mi querida madre asomé, algo tímido, mi cabello fino y sedoso, y después la cabeza completa, decidido y valiente.

Sentí que Lucrecia tenía una sabiduría milenaria, trasmitida de generación en generación de matronas de la comarca. Con suavidad, ayudó a sacar uno de mis hombros primero, después el otro. De inmediato, como nadando en mantequilla, resbaló el resto de mi cuerpecito.

—¡Es un ser de luz! —exclamó Lucrecia—. ¡Mirad el brillo de su blanca y tersa piel, sus labios redondos y rosados! Y sus ojos, ya abiertos y brillantes, como destellos de una profundidad nunca antes vista en la Tierra.

Mi madre explicaba en repetidas ocasiones que cuando la matrona me acercó a su regazo y me miró, sintió una mirada profunda, reveladora y enigmática, que erizó su piel y que la secuestró de amor para siempre.

Algunas personas decían que a través de mis pupilas se podían atisbar lejanas constelaciones. Otros afirmaban que quedaban como hipnotizados después de verme.

En mi juventud, no pocas damas se desvanecieron ante la fuerza de mi mirada, o al sentir mi aliento en su cuello.

La simetría casi perfecta de mi cara desafiaba a los cánones de la belleza renacentista. Mis diminutos y delicados dedos se movían con la delicadeza de una danza celestial de pureza y de ternura.

Yo crecí y me convertí en un adulto fuerte, proporcionado y atractivo. No era belleza ya lo que resaltaba, sino un aura de paz, amor y poder, que emanaba desde dentro de mí.

Sea cual fuere mi intención, si era bondadosa, se manifestaba como un milagro a mi alrededor. Mis talentos y mi creatividad se desplegaban en cada acción, como si brotaran de un secreto divino. Mi carisma reflejaba algo indescriptible, que solo podía describirse como liberador y sublime.

Me había convertido en una esperanza para el mundo que solo los poetas pueden imaginar.

4

Espíritu del XIX

Recuerdo ese otoño de 1850. Camino por senderos cubiertos de ocres y dorados. El rojo de los ladrillos de los edificios de la universidad y el verde de la hiedra que trepa por sus paredes, se asoman entre olmos y arces centenarios.

Estudiantes entusiastas mantienen discusiones encendidas, acerca de los escritores románticos del momento y sobre el espíritu libre que inspiraban.

Al inicio de la primavera llegó a Harvard mi amiga europea Christine. En nuestro primer paseo le mostré los salones con pupitres de madera, desgastados por generaciones de jóvenes soñadores. Recorrimos espaciosas salas con grandes chimeneas, que respiraban aliviadas desde que el invierno se alejaba. Avanzamos por los pasillos llenos de estudiantes que, sin prisa, acudían a su siguiente actividad.

En la biblioteca Gone Hall, recorrimos enormes mesas de madera de roble con algunas lámparas de aceite. Christine elevó su mirada a las enormes estanterías llenas de libros. Sus ojos y su boca se abrieron ante las escaleras de hierro que permitían alcanzar los volúmenes más altos.

Más tarde, en el temprano atardecer de Boston, caminamos por los sinuosos senderos que llevan hasta las orillas del río Charles, que inspiraron a tantos poetas y eruditos, y donde se recitaban poemas de Byron, Holmes y Thoreau.

Christine y yo encarnábamos la exaltación de la naturaleza y la nueva libertad que se rebelaba ante las rígidas normas de la sociedad.

—¡Viva Henry Thoreau! —gritamos juntos.

5

Feo y deforme

Había un pasillo largo con paredes ocres y, a ambos lados, varias puertas blancas de las que salía y entraba con prisa y nervios todo el personal sanitario imaginable. Médicos con los brazos en alto para proteger los guantes de silicona de las bacterias, y una larga bata que se ataba desde atrás, con algunas manchas sospechosas de sangre.

Se veía a varias monjas, aceleradas, con un hábito gris, impecable, un escapulario al cuello, y una cofia grande, blanca y almidonada. En su regazo, bebés llorones envueltos en mantas, que cobijaban con cariño.

Celadores que movían las camillas con especial destreza empujaban a mujeres temerosas que gritaban de dolor a la par de sus contracciones. Y otras, transportaban parturientas que salían pálidas y felices, agotadas por las labores.

El silencio del pasillo, vacío, aséptico y frío, se rompía de vez en cuando. Al abrir las puertas se escapaban los gritos de dolor de parto o el desgarrado llanto de los recién nacidos que abren por primera vez sus pulmones.

Mi parto fue fácil y suave, pero al recibirme la matrona su sonrisa se desdibujó, quedó inmóvil y su piel palideció.

—¡Dios mío! —balbuceó con espanto mientras me miraba, y después a sor Genoveva—. ¡Es obra de satán! —gritó mientras llevaba la mano a su boca, y con disimulo arreglaba la posición de su cofia.

El médico se alarmó y corrió a su lado para revisar al recién nacido.

—Hermanas, este bebé está bien, solo que es horroroso —expresó con frialdad mientras se quitaba los guantes y algunas manchas de su bata.

Mi cara era deforme. Tenía los ojos asimétricos, uno más grande que el otro. Ambos profundos y negros. Sin luz. Como pozos insondables. Mis pómulos, mandíbulas y barbilla resaltaban sin reparo. Las manos eran pequeñas, con dedos largos y angulosos. Y los pies grandes, con solo cuatro dedos. Mi cuello era corto y grueso, como si una tortuga se asomara desde mi tórax. En la espalda se adivinaban desviaciones y los omoplatos alados, que sobresalían entre un tupido vello negro. La piel de mi cara tenía diferentes colores, con zonas de un color ceniciento, que asemejaban dibujos de continentes extinguidos.

Varias personas más entraron para verme como si de un circo siniestro se tratara. Empezaron los cuchicheos, que se convirtieron al poco en malévolas bromas:

—Cuasimodo parece el príncipe de Nôtre Dame al lado de este —comentó uno de los médicos.

—¿Será el Anticristo? —pregunto sor Juana, a la vez que se tapaba la boca con las dos manos.

—¡Nunca vi un bebé tan feo y deforme!

—Mejor que hubiera muerto y llevado al limbo por los ángeles de Dios —afirmó la madre superiora.

Después de que me depositara sobre el vientre de mi madre y esta diera un grito aterrador, salieron todos de la sala de partos.

El amor de mi madre fue superior a cualquier error de la naturaleza. Me llevó a los mejores hospitales de Europa, y tras muchas cirugías de diferentes partes del cuerpo, consiguió convertirme en una persona que no llamaba la atención por sus deformidades.

Y no solo eso. Se dedicó a fortalecer mi autoestima psíquica y corporal. Me infundió creencias de éxito y de seguridad en mí mismo. Continuamente me leía biografías de diferentes personajes exitosos, con propósito, reconocidos y admirados.

Me hizo un hombre culto y refinado. Me enseñó las artes de la seducción y de la oratoria. La ópera de *Casanova* de Verdi me acompañó en mis primeros baños de la infancia.

Con los años maduré, y mi arrogancia cedió ante la empatía. Comencé a ver a las mujeres bellas y atractivas, no como cuerpos para conquistar la perfección, sino como emanaciones de la sabiduría de la energía femenina, que yo podía absorber a distancia y llenarme de ellas.

Aprendí a admirar la belleza y la fealdad, y ver más allá. Dejé de buscar mujeres para seducir.

Encontré la paz y el propósito.

Y después, el amor verdadero, libre y cercano a la vez.

Agradecí a la vida mi tortuoso camino.

6

Amada oscuridad, provócame

Hoy digo no a la luz.

¡Amada oscuridad, provócame!

Y me acerco a la sombra de mi alma.

Dama que me seduce y me provoca.

Evoca mi oscuro amor y atiza el fuego de mi vientre.

¡Provócame, sombra!

Sin prejuicios.

Estoy abierto a que reveles los secretos más ocultos de mi ser.

Atrévete a acercarme a la negrura de mi alma.

Invita a los demonios para bailar la danza de mis pasiones.

Dale la mano al misterio y desciende conmigo, escalón a escalón, a este lúgubre sótano.

¿Aún quieres alimentarte de mi dolor y del sufrimiento de mis culpas inútiles?

Sombra, hoy me entrego a tus endemoniadas intenciones.

No temo a los fantasmas que me habitan.

Puedo mirarles a los ojos y gritarles quién soy.

Ya no me dan miedo las palabras soeces, ni las atrocidades verbales en contra de nadie.

Quiero verme detrás de las máscaras, más allá de la inocencia hipócrita y del teatro ingenuo de mi alma.

Estoy harto de inhibiciones, opresiones, y tanta mediocridad.

¡Es hora de la verdad, amor oscuro!

Quiero ser el guerrero de mí mismo.

Un caballo salvaje cabalga en la estepa.

Un águila en el cielo, libre sobre qué mirar.

Este es mi llamado a la rebeldía, a las pasiones desbocadas, a la furia de mi linaje.

Por fin, quito los velos y las máscaras absurdas de mi alma.

Niño bueno e inocente de cara angelical, ahora eres el querubín de la muerte.

7

El zapato perdido

La Cenicienta no existe. El zapato de cristal abandonado en las escaleras de palacio, tampoco.

Y si la joven princesa fuera real, creo que habría dejado su zapato de forma deliberada, con la clara intención de que el príncipe la buscara por todo el reino.

Cenicienta no hubiera dejado pasar esta oportunidad y perderla como un hechizo transitorio de medianoche.

Lo que sí existe, son las fuerzas contrapuestas de una interminable dualidad. El amor incondicional de la madre ausente y el odio de la malvada madrastra. Las hadas madrinas regordetas con aspecto benevolente. Las hermanastras, feas y despiadadas.

Algunos todavía insisten en llamarlo bien y mal. Aunque todos sabemos que hay malvados con un corazón bondadoso, y personas buenas con sombrías intenciones.

Nos gustaría tener unos zapatos rojos de Dorothy para impresionar al Mago de Oz y que conceda nuestros deseos. Y las icónicas botas que utilizó pulgarcito para conseguir sus objetivos.

Siempre hay calabazas que sueñan convertirse en carrozas, y ratones con vocación de pajes.

Pon en tu caldero los ingredientes de lo que anhelas, usa tu imaginación como la varita mágica infalible.

Y permite que la fuerza misteriosa de la convicción haga el resto.

8

Esperanza

Intento abrir mis ojos y los aprieto por el dolor de una luz cegadora. Los rayos de un sol abrasador caen sobre mí, aunque siento mi cuerpo tiritar.

Intento recordar quién soy y en dónde estoy. Mi memoria está confusa y mis labios secos y agrietados. Creo que no puedo moverme.

Silencio, quietud y miedo.

Manos húmedas, frío en mi cuerpo envuelto en ropa mojada. Muevo mi mano derecha y acaricio una fina arena, y siento lo que parecen algas enredadas entre mis dedos.

Muy cerca, escucho suaves olas rompientes que acarician mis pantorrillas y mis pies, en una danza rítmica al son del rompeolas.

Tomo conciencia. Estoy tumbado, boca arriba, en una playa. Voy a intentar girar mi cuerpo e incorporarme para ver dónde estoy.

Es una playa desierta, blanca, interminable. Delineada por la inmensidad de árboles y arbustos de una selva.

Qué agradable oír esos graznidos de pájaros que me saludan desde la frondosidad. Sentí que no estaba solo.

A mi lado, varios maderos rotos y húmedos. Trozos de tela rodeando lo que quedaba de uno de los mástiles de la carabela.

Llegaron a mi mente imágenes de la feroz tormenta que nos mecía como una cáscara de nuez en un mar furioso. Olas gigantes, negras, amenazadoras, que terminaron por partir en dos nuestra embarcación.

Recordé a mis compañeros. Me levanté con trabajo, con dolor en diferentes partes de mi cuerpo. Y busqué algún otro superviviente.

Nadie; estaba solo. Quizás en una isla o cualquier costa del continente.

«En la selva siempre hay algo que comer y agua de beber», pensé.

De pronto, entre la maleza, vi movimiento de los arbustos, y aparecieron colores vivos de plumas de pájaros tropicales que adornaban las cabezas de unos indígenas a medio vestir. El sol hacia brillar los adornos y brazaletes de oro.

Se acercaban con lanza y arcos en mano, despacio, tan curiosos como yo.

Mientras avanzaban hacia mí, imaginé múltiples escenarios futuros. Los más, catastróficos; y otros maravillosos y alentadores.

Surgió un súbito sentimiento de confianza en mí y elegí la esperanza.

9

Las Catrinas

Una multitud de muertos bajaban en grupos pequeños desde el otro mundo. Aquel del que nadie sabe y nadie habla. Grupos de amigos y familiares difuntos se empujaban, burlones, reían y comentaban divertidos los planes de la noche. Y disfrutar de ese día especial de la eternidad. Una vez más se abrían las puertas que comunicaban con el mundo de los vivos.

Los muertos, con perfiles desdibujados y envueltos en una especie de halo luminoso, se amontonaban en la puerta de salida hacia un túnel nebuloso. No podría decir si ese pasadizo flotante y sinuoso era ascendente o descendente.

Los fallecidos parecían hechos de niebla, aunque con los colores vivos de su rostro y de sus vestimentas. Ropas de diferentes épocas. Faldas y blusas ribeteadas, bufandas de piel de visón, y sombreros de todo tipo.

El cementerio estaba vestido de fiesta. Guirnaldas, ofrendas de todo tipo, las comidas preferidas de los desencarnados, fotos de cuando estaban vivos, y flores de diferentes colores. En la noche del día de muertos la oscuridad estaba rota por miles de velas, candiles y pequeñas hogueras, que se multiplicaban a lo largo del cementerio. Olía a pan de muerto recién horneado y aromas de copal y de inciensos.

Los que venían desde el mundo de los muertos no parecían almas en pena, sino más bien espíritus ilusionados por un día de fiesta que rompía la rutina de la eternidad.

No había distinción entre ricos y pobres, ni razas, ni religiones o culturas. Existían en un mundo en el que reinaba la igualdad, desde su condición común de fallecidos.

Los vivos corrían de allí para acá, ocupados de los últimos preparativos para las decoraciones de los altares. Laboriosos, acarreaban las provisiones para el zafarrancho de la larga noche de los difuntos. Comida, esqueletos blancos de todos los tamaños, marcos improvisados con fotos de sus queridos difuntos, y todo tipo de instrumentos musicales para el baile.

No importaba si eran tumbas pequeñas, apenas levantadas con tierra redondeada encima de la caja fúnebre, y una cruz de metal o incluso de madera, en la que se podía leer la en nombre del difundo y la fecha de su deceso. O bien, grandes panteones o estructuras con pilares circulares de mármol blanco, rodeadas de paredes de hierro forjado y una puerta con un fraguado en el centro.

No era un día de tristeza, ni de sufrir por haber dejado la vida. Al contrario, era otra oportunidad para el reencuentro con el mundo de la vida, en el que aún laten los corazones, crecen las hojas y los frutos. Los niños corren y juegan, ignorando que la muerte existe.

Era la ocasión de volver a ver a las personas queridas, y también a las odiadas.

Todos podían disfrutarlo. No importaba si en tu partida eras joven o anciano, si fue un proceso súbito o lento. Daba igual hiciste este tránsito por enfermedad, deterioro de la vejez, o por una traición u homicidio. No tenía importancia si te habías encontrado con la muerte en un momento de heroicidad, martirio o de cobarde suicidio.

Entre los fallecidos, había un sentido de complicidad, de camaradería, que solo es posible ante un desapego absoluto.

Entre los vivos, sentimientos y cuchicheos sobre la vida de los que partieron.

Y, sobre todo, cantar y bailar sobre las tumbas. Celebrar con alegría el reencuentro con sus muertos.

Vivos y muertos llenos de vitalidad.

Vida y muerte enlazadas en un abrazo eterno.

10

Las tres pirámides de Giza

Caminé despacio, ceremonioso, seguido de su grupo de sacerdotes. Ellos me conocían bien. Desde pequeño me habían preparado para desempeñar el cargo de faraón. Enseñanzas sobre el cosmos, astrología, matemáticas, la función de los diferentes rituales, jeroglíficos, y la historia secreta del antiguo Egipto.

Damhur estaba listo para la «gran prueba». Los alumnos de la escuela de Horus empezaron a apagar las antorchas a medida que se el horizonte se teñía de naranjas. Las primeras pinceladas de color coral iluminaron el rostro pétreo y sonriente de la gran Esfinge.

La comitiva de sacerdotes y alumnos de la Escuela de Horus no podía disimular la emoción que envolvía aquel amanecer.

Un rayo de sol se reflejó en el piramidión de oro puro que encumbraba la pirámide de Keops, y bañó desde allí la meseta de Giza. Y a los habitantes del Valle del Nilo que iniciaban sus faenas.

El faraón se quitó la doble corona de su cabeza, y la entregó al sumo sacerdote con mucho cuidado. Mantuvo su diadema de oro con la figura de la cobra erguida y sus brazaletes en los brazos.

En la puerta oculta de la Gran Pirámide, Damhur se detuvo. En ese momento solemne tocó su anillo de ónix y zafiros, y recordó su misión. Se sentía seguro de sí mismo.

Recibió una pequeña antorcha y subió por los pasillos y escaleras que le separaban de la Cámara del Rey. Una vez en ella, avanzó sigiloso hacia el sarcófago. Su cubierta estaba movida lo suficiente para que un humano pudiera entrar.

Damhur se introdujo en él con respeto y se tumbó boca arriba.

Tuvo que suspirar varias veces antes de poder iniciar los ejercicios de hiperventilación que estaban previstos.

Después de algunos hormigueos y estremecimientos, pudo entrar en el estado de consciencia que buscaba.

Se sintió muy libre, y sintonizó con su pensamiento la constelación de Orión. Las tres estrellas del cinturón estelar se correspondían exactamente con la misma distancia proporcional de las tres pirámides.

La experiencia de conexión duró horas, y sus vivencias fueron secretas.

Ahora, Damhur había recibido los conocimientos ocultos de la vida, y de la historia pasada y futura de la humanidad. Y estaba listo para dirigir a su pueblo y a llegar a las cotas más altas de su desarrollo.

Ahora sí, entronizado e iniciado.

11

Tras la ventana

Camino despacio y algo pesado hacia la plataforma de lanzamiento. Aunque la he visto mil veces, levanto los ojos y me asombro de la majestuosa nave espacial. Imponente, se alza hacia el cielo, rodeada de luces y personas, que suben y bajan, nerviosas, revisando los últimos detalles.

Mientras avanzo los últimos pasos, a pesar de las horas de entrenamiento, no puedo evitar que mis latidos se disparen. Suspiro varias veces para tranquilizarme y me enfoco en la clara convicción de mi misión hacia espacio.

Ya sentado en la nave, rodeado de todos los aparatos de seguridad, me siento un poco encerrado. Respiro profundo otra vez y busco «estar en mi centro». Aplaco mis emociones, y visualizo el éxito del lanzamiento y de la misión.

La sala de control se comunica con nosotros para dar el último aviso. Los imagino con sus miradas fijas en las pantallas. Revisan los cálculos y retienen su respiración justo antes del momento crucial.

Miro de reojo a mi compañera de vuelo y, aunque no le veo la cara través del visor oscuro, sonrío con tranquilidad. Ella me da confianza. Podemos comunicarnos solo con la mirada, no necesitamos las palabras. Sabemos que es momento de entregarnos, de confiar, y de sentirnos punta de lanza de una humanidad que necesita explorar los confines del espacio.

La cuenta regresiva me pareció eterna. Dos, uno, cero… y una explosión de fuego. Siento la vibración de los motores, un ruido ensordecedor, y después un impulso que tira de nosotros más allá de la gravedad primero, y después de la barrera del sonido.

Al fin, puedo mirar a través de la pequeña ventana, y me emociono al ver la Tierra. Una bola redonda pintada de océanos azules, selvas y bosques verdes, estepas y desiertos ocres, y masas flotantes de nubes blancas.

El centro de control nos informa de que estamos en la ruta prevista.

—¡Todo en orden, amigos!

Miro con detalle el punto cada vez más pequeño del planeta Tierra, y me envuelve un sentido de pequeñez, ternura y humildad. La soberbia humana, como milagro, se ha extinguido.

Al fin puedo descansar. Cierro los ojos. Vamos a toda velocidad hacia un universo de misterio. A nuestro lado pasan miles de estrellas y planetas.

¿Qué pasaría si aumentáramos la velocidad al máximo? Saldríamos de nuestro Sistema Solar y recorreríamos nuestra galaxia, la Vía Láctea, con su más de cien mil sistemas solares. Y si la velocidad fuera aún mayor, dejaríamos atrás la Vía Láctea y atravesaríamos las dos mil millones de galaxias que componen nuestro universo. Y desde allí, nebulosas, agujeros negros, más universos.

Mi imaginación llegó a un punto donde no había nada, solo silencio y oscuridad. Me giré y pude ver frente a mí, todos los universos, galaxias y, al final, nuestro Sistema Solar y la Tierra.

Sentí empatía por el planeta, compasión por la humanidad, y me pregunté para qué estábamos allí.

Esta edición de *Tomo II: Fuego. Relatos Breves para Reflexionar*
de José G. Marín,
se terminó de editar en Madrid,
en el mes de abril de 2025